妖怪捕物帖《ようかいとりものちょう》

天怪篇 肆《し》

暗雲《あんうん》！妖怪《ようかい》お江戸《えど》絶体《ぜったい》絶命《ぜつめい》

主《しゅ》人《じん》公《こう》・いなりのコン七《しち》とその仲間《なかま》たち

いなりのコン七《しち》

この物語《ものがたり》の主人公《しゅじんこう》。たくさんの妖怪《ようかい》たちが暮らしている妖怪《ようかい》お江戸《えど》の町《まち》で、岡《おか》っ引《び》きをしている（岡《おか》っ引《び》きとは、いまで言《い》うと警察官《けいさつかん》や探偵《たんてい》のようなもの）。シッポが七本《ななほん》あるキツネの妖怪《ようかい》で、いろいろなものに化《ば》ける「変化《へんげ》の術《じゅつ》」や、炎《ほのお》をあやつる「狐火《きつねび》の術《じゅつ》」が得意《とくい》！

わらじのワ助《すけ》

コン七《しち》の弟分《おとうとぶん》で、「わらじ」のつくも神妖怪《がみようかい》。つくも神妖怪《がみようかい》とは、古《ふる》い道具《どうぐ》などが、長《なが》い年月《ねんげつ》を経《へ》て妖怪《ようかい》になったものだ。

ハリネズミのゼロ吉《きち》

全身《ぜんしん》に鋭《するど》い毛《け》が生《は》えているハリネズミの妖怪《ようかい》。かつては「ハリネズミ小僧《こぞう》」と呼《よ》ばれる盗賊《とうぞく》だったが、いまではコン七《しち》と同《おな》じ長屋《や》に住《す》み、ときどき捕物《とりもの》の手助《てだす》けをしている。おいちという妹《いもうと》がいる。

おいち

ろくろっ首《くび》のお六《ろく》

首《くび》を自由《じゆう》にのびちぢみさせることができる、ろくろっ首《くび》の女《おんな》の子《こ》。コン七《しち》とは幼《おさな》なじみで、同《おな》じ長屋《ながや》の隣《となり》の部屋《へや》に住《す》んでいる。

妖怪捕物帖《ようかいとりものちょう》

天《てん》怪《かい》篇《へん》 肆《し》

暗雲《あんうん》！妖怪《ようかい》お江戸《えど》絶体絶命《ぜったいぜつめい》

作 大崎悌造
画 ありがひとし

〈前巻《ぜんかん》までのあらすじ〉
妖怪《ようかい》お江戸《えど》の壊滅《かいめつ》をねらう大悪人《だいあくにん》・天怪《てんかい》は、四体《よんたい》いる神獣《しんじゅう》のうち、二体《にたい》を手《て》に入《い》れた。三体目《さんたいめ》の神獣《しんじゅう》・青龍《せいりゅう》を仲間《なかま》にしたコン七《しち》は、最後《さいご》の一体《いったい》が眠《ねむ》る八妖島《はちようじま》へと向《む》かったのだった。

岩崎書店

第《だい》一《いち》話《わ》 最《さい》後《ご》の神《しん》獣《じゅう》

コン七《しち》がやってきた八妖島《はちようじま》は、南《みなみ》の海《うみ》に浮《う》かぶ孤島《ことう》でした。

島《しま》の上空《じょうくう》で、コン七《しち》は青龍《せいりゅう》にたずねました。

「なあ、青龍《せいりゅう》。朱雀《すざく》をよみがえらせるための水晶玉《すいしょうだま》が、この島《しま》のどこにあるかわかるか?」

「ああ、わかる」

「じゃあ、オイラをそこにつれて行《い》ってくれ」

青龍《せいりゅう》は、海岸《かいがん》の近《ちか》くにある祠《ほこら》の前《まえ》に降《お》りました。

コン七《しち》は、ふと、
自分《じぶん》がはだかなのに
気《き》づきました。
ほんの少《すこ》し前《まえ》まで、
海《うみ》の中《なか》で戦《たたか》っていた
からです。

ずっとこのかっこうのままってわけにもいかねえな。
ボワン
あらよっ！

コン七《しち》は、変化《へんげ》の術《じゅつ》をつかい、服《ふく》を着《き》て
いる姿《すがた》に化《ば》けました。

「できれば本物《ほんもの》の着物《きもの》を着《き》たいところだが、
しばらくはこれでガマンするしかねえな」

そう言《い》いながらコン七《しち》が
祠《ほこら》の扉《とびら》を開《あ》けると、中《なか》には
小《ちい》さな水晶玉《すいしょうだま》がありました。

「なるほど、ほかの
神獣《しんじゅう》のときと同《おな》じだな」

コン七《しち》は、それを手《て》に取《と》ると、
大《おお》きな声《こえ》でさけんだのです。

「どこにいる、朱雀《すざく》？　目《め》ざめろ！」

コン七《しち》の呼《よ》びかけにこたえるかのように、近《ちか》くの崖《がけ》の岩肌《いわはだ》を切《き》りくずし、中《なか》から朱雀《すざく》があらわれました！

「ありがとうよ、朱雀《すざく》！ よし、これで青龍《せいりゅう》と朱雀《すざく》が味方《みかた》になったぜ」

天怪《てんかい》よりも先《さき》に朱雀《すざく》を見《み》つけ、仲間《なかま》にできたことで、コン七《しち》はすこし安心《あんしん》しました。

「天怪《てんかい》には玄武《げんぶ》と白虎《びゃっこ》がついているが、な〜に、二対二《にたいに》なら、なんとか互角《ごかく》の勝負《しょうぶ》にもちこめるはずだ」

ところがそのとき、そんなコン七《しち》のひとり言《ごと》をあざわらうかのように、聞《き》きおぼえのある不気味《ぶきみ》な声《こえ》が、上空《じょうくう》からひびいてきたのです。

くくく……そう
うまくいくかな？
天怪《てんかい》
赤目《あかめ》
て、天怪《てんかい》！
声《こえ》のした方《ほう》を
コン七《しち》が見上《みあ》げると、
そこには、天怪《てんかい》と
赤目《あかめ》の姿《すがた》がありました。
まずは礼《れい》を言《い》うぞ、コン七《しち》。わしのかわりに、青龍《せいりゅう》と朱雀《すざく》を見《み》つけてくれたようじゃの。
そのおかげでわしは、ゆっくり時間《じかん》をかけて傷《きず》を治《なお》すことができたわ。

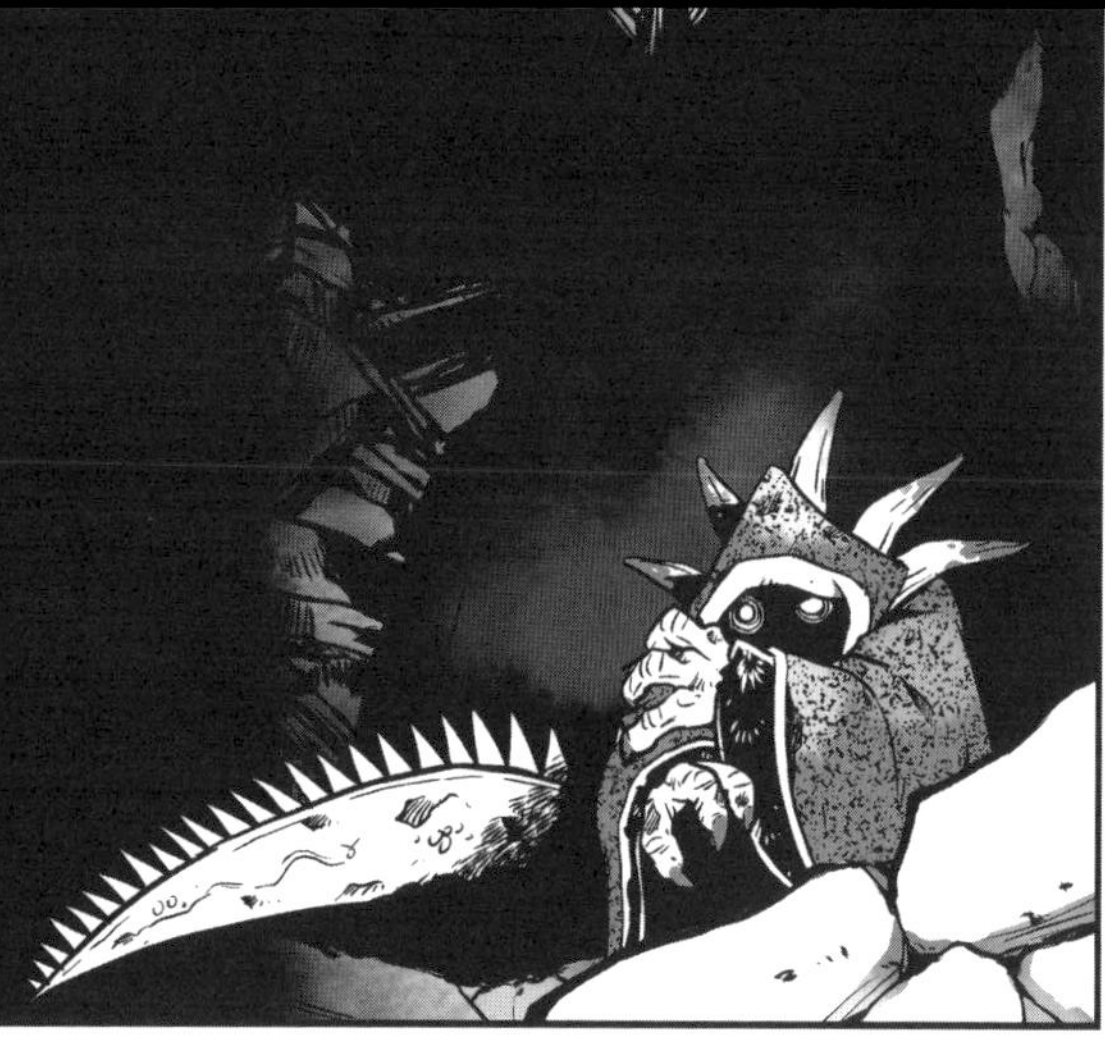

本《ほん》拠《きょ》地《ち》の月《げっ》光《こう》妖《よう》照《しょう》宮《ぐう》が爆《ばく》発《はつ》して、大《おお》ケガを負《お》った天《てん》怪《かい》ですが、もうすっかりもとにもどっているようです。

「ご苦《く》労《ろう》だったな、コン七《しち》。さあ、青《せい》龍《りゅう》と朱《す》雀《ざく》の水《すい》晶《しょう》玉《だま》をこっちにわたせ」

「ふ、ふざけるな！　だれがわたすかよ！　おまえはここで、青《せい》龍《りゅう》と朱《す》雀《ざく》に倒《たお》されるんだ！」

コン七は、青《せい》龍《りゅう》と朱《す》雀《ざく》に攻《こう》撃《げき》を命《めい》じようと、水《すい》晶《しょう》玉《だま》をにぎりしめました。

青《せい》龍《りゅう》と朱《す》雀《ざく》は、いつでもコン七《しち》の命《めい》令《れい》にこたえられるよう、空《くう》中《ちゅう》でじっと身《み》がまえています。

しかし天《てん》怪《かい》はそれでも、余《よ》裕《ゆう》の笑《え》みをうかべていました。

聞《き》きわけのないやつじゃのう…。ならば赤《あか》目《め》、あれを見《み》せてやれ。
はっ！
バサッ

赤目《あかめ》がはぎとった布《ぬの》の下《した》には、ゼロ吉《きち》、お玉《たま》、申公《しんこう》の三人《さんにん》がとらえられていたのです。

「くくく…コン七《しち》よ、ここにいるおまえの仲間《なかま》たちが、どうなってもいいのか？」

「ひ、ひきょうだぞ、天怪《てんかい》！」

コン七《しち》は、なんとかして三人《さんにん》を救《すく》う方法《ほうほう》がないか、必死《ひっし》に考《かんが》えました。

青龍《せいりゅう》と朱雀《すざく》に天怪《てんかい》たちをおそわせ、そのスキに三人《さんにん》を助《たす》けることはできねえか…？

しかし天怪《てんかい》は、そんなコン七《しち》の考《かんが》えも、お見通《みとお》しでした。

「おっと、青龍《せいりゅう》や朱雀《すざく》に命《めい》じて、わしらを攻撃《こうげき》しようと思《おも》っているのではなかろうな？」

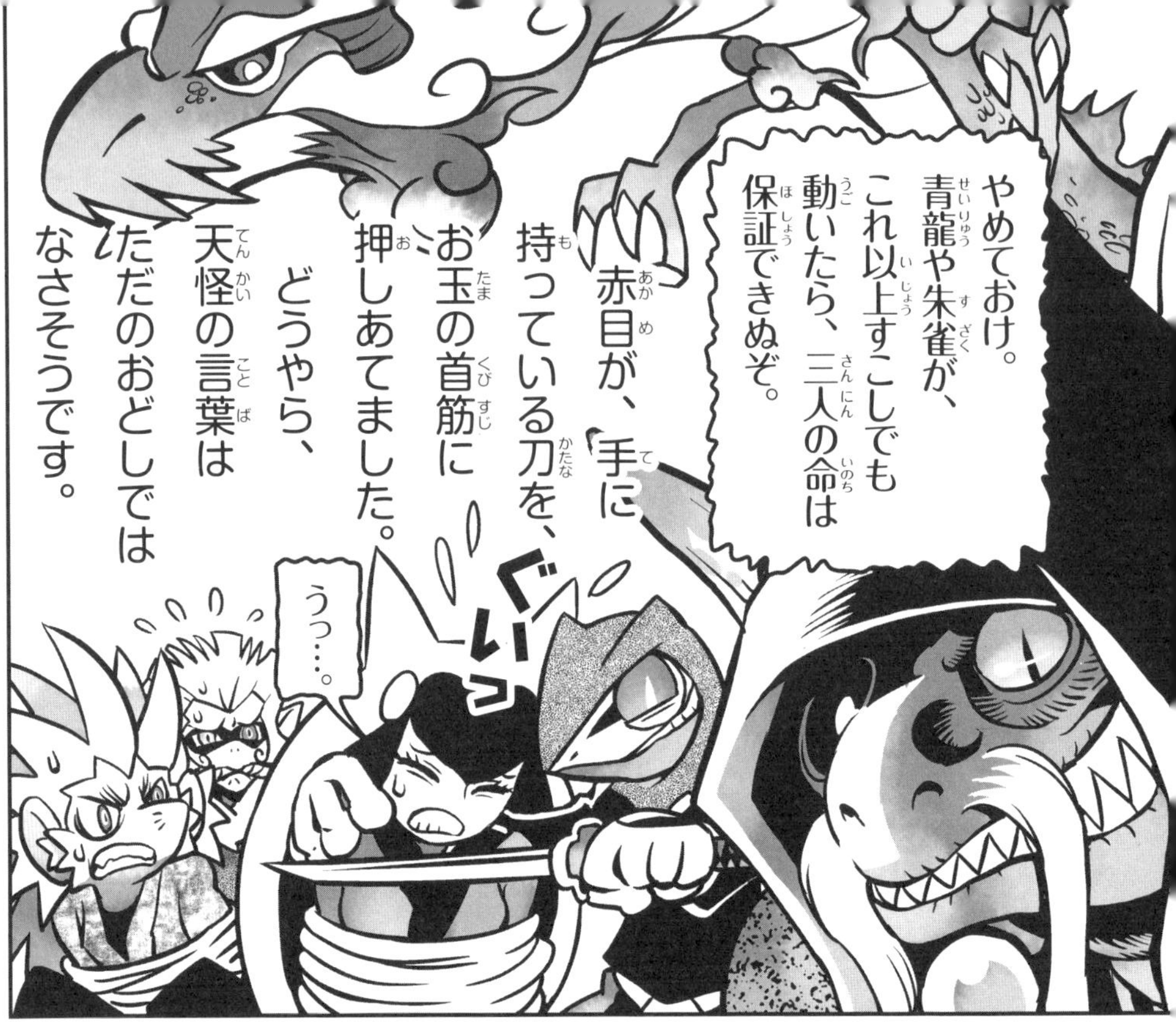
やめておけ。青龍《せいりゅう》や朱雀《すざく》が、これ以上《いじょう》すこしでも動《うご》いたら、三人《さんにん》の命《いのち》は保証《ほしょう》できぬぞ。
ぐいっ
うっ……。

赤目《あかめ》が、手《て》に持《も》っている刀《かたな》を、お玉《たま》の首筋《くびすじ》に押《お》しあてました。

どうやら、天怪《てんかい》の言葉《ことば》はただのおどしではなさそうです。

「わ、わかったからやめろ!」

コン七《しち》は、思《おも》わずさけびました。

「ならば、素直《すなお》に水晶玉《すいしょうだま》をわたせ」

どうすべきか迷《まよ》っているコン七《しち》に、ゼロ吉《きち》とお玉《たま》が必死《ひっし》に呼《よ》びかけます。

「ダメだコン七《しち》、絶対《ぜったい》にわたすな!」

「そうよ! あたしたちのことは、気《き》にしないで!」

しかしコン七《しち》には、やはり仲間《なかま》を見《み》すてることはできません。

「しかたねえ……ゼロ吉《きち》たちの命《いのち》にはかえられねえ……」

コン七《しち》が投《な》げた水晶玉《すいしょうだま》を、天怪《てんかい》はしっかりと受《う》けとめました。

「くくく……おろかなやつよ。たかが仲間《なかま》の命《いのち》のために、こんな強大《きょうだい》な力《ちから》を手放《てばな》すとは……。」

天怪《てんかい》は、手《て》に入《い》れたばかりの水晶玉《すいしょうだま》をさしだし、青龍《せいりゅう》と朱雀《すざく》に命《めい》じました。

「青龍《せいりゅう》よ、朱雀《すざく》よ、この玉《たま》の中《なか》に入《はい》れ！」

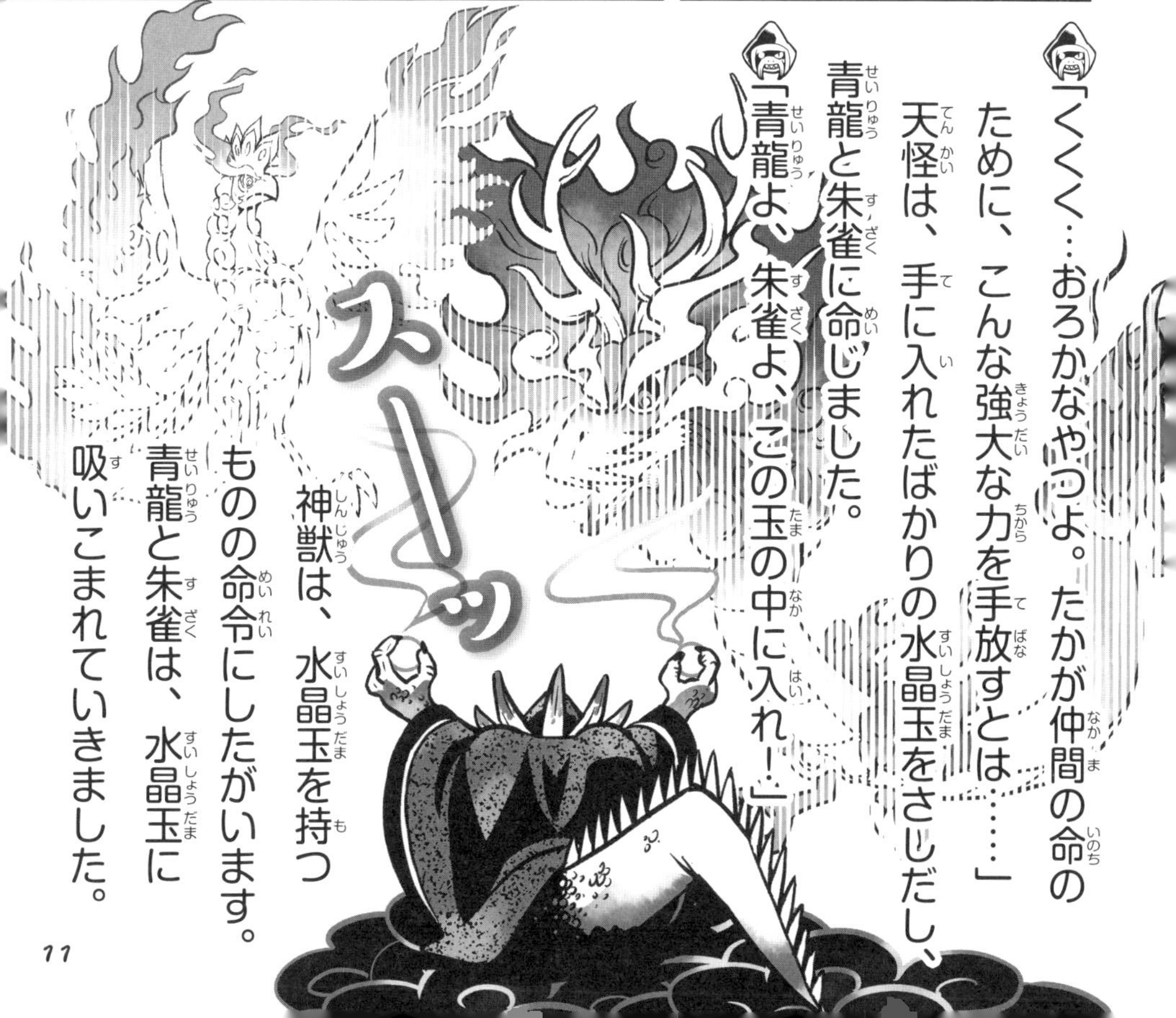

神獣《しんじゅう》は、水晶玉《すいしょうだま》を持《も》つものの命令《めいれい》にしたがいます。青龍《せいりゅう》と朱雀《すざく》は、水晶玉《すいしょうだま》に吸《す》いこまれていきました。

赤目《あかめ》、そいつらを返《かえ》してやれ。
ドン
うわっ！
天怪《てんかい》に命《めい》じられ、赤目《あかめ》はゼロ吉《きち》たちを、地上《ちじょう》めがけてけり落《お》としました。
ゼロ吉《きち》！
どすん
ザッ
コン七《しち》はすぐにゼロ吉《きち》たちにかけより、縄《なわ》をほどきました。
すまねえ、オレたちのために…。
な〜に、いいってことよ。

天怪《てんかい》は、ゆかいそうにコン七《しち》たちを見下《みお》ろし、別《わか》れの言葉《ことば》を告《つ》げました。

「さらばだ、コン七《しち》。青龍《せいりゅう》や朱雀《すざく》の助《たす》けなしに、おまえたちがこの海上《かいじょう》の孤島《ことう》から脱出《だっしゅつ》することはできまい。妖怪《ようかい》お江戸《えど》の心配《しんぱい》をしながら、ここでなすすべもなく時《とき》を過《す》ごすがいい」

このまま天怪《てんかい》を行《い》かせてしまっては、本当《ほんとう》に妖怪《ようかい》お江戸《えど》が危《あぶ》ない！　そう思《おも》ったコン七《しち》は、なんとか天怪《てんかい》を止《と》める手立《てだ》てがないか、知恵《ちえ》をしぼりました。

そして……。

「そうだ!　おまえはまだ一度《いちど》も、
オイラと一対一《いったいいち》で戦《たたか》ってねえだろ?」
たしかに天怪《てんかい》は、これまでにコン七《しち》と
直接戦《ちょくせつたたか》ったことはありません。
「ふん、えらそうにしていやがるが、
内心《ないしん》ではオイラに負《ま》けるのがこわいん
じゃねえのか?　どうだ、天怪《てんかい》?」
「ほほう、そう思《おも》うか?」
「ああ、思《おも》うね。ちがうって言《い》うのなら、
いまここでオイラと勝負《しょうぶ》してみろよ!」
「くく…浅《あさ》はかなやつじゃのう」
「な、なんだと!」

「このままわしを妖怪《ようかい》お江戸《えど》に行《い》かせては、おまえにはもうふせぐ手立《てだ》てがない。そこで、勝《か》てるかどうかはわからぬが、わしを挑発《ちょうはつ》してイチかバチかの勝負《しょうぶ》をしようという作戦《さくせん》なのであろう？」

図星《ずぼし》をさされて、コン七《しち》はだまりこみました。かつて名軍師《めいぐんし》だった天怪《てんかい》には、コン七《しち》がとっさに立《た》てた作戦《さくせん》など、お見通《みとお》しだったのです。

「まぁよい。おまえの顔《かお》を立《た》て、その浅《あさ》はかな作戦《さくせん》に乗《の》ってやろう」

捨《す》て身《み》の覚悟《かくご》で天怪《てんかい》に勝負《しょうぶ》を挑《いど》んだコン七《しち》。はたして、その勝負《しょうぶ》の行方《ゆくえ》はどうなるのでしょう？
スーッ
そのかわり、どうなっても後悔《こうかい》するなよ。おまえが、自《みずか》らのぞんだことなのだからな…。

ちょっといっぷく

妖怪紹介《ようかいしょうかい》しようかい？

四《し》神《しん》獣《じゅう》編《へん》

ついに姿《すがた》をあらわした最後《さいご》の神獣《しんじゅう》・朱雀《すざく》。これですべての神獣《しんじゅう》がそろったので、ここでもう一度《いちど》、四神獣《ししんじゅう》について紹介《しょうかい》しておこう！

月光《げっこう》
玄武《げんぶ》
妖怪《ようかい》お江戸《えど》
妖怪富士《ようかいふじ》
白虎《びゃっこ》
辰吠埼《たつぼうさき》
青龍《せいりゅう》
八妖島《はちようじま》
朱雀《すざく》

強大《きょうだい》な力《ちから》を持《も》つ神獣《しんじゅう》は、太古《たいこ》の昔《むかし》、何《なに》ものかによって妖怪《ようかい》お江戸《えど》の東西《とうざい》南北《なんぼく》に封印《ふういん》された。妖怪《ようかい》お江戸《えど》を守《まも》るためだと考《かんが》えられているが、くわしいことはわかっていない。

神獣《しんじゅう》の近《ちか》くにはかならず水晶玉《すいしょうだま》も一緒《いっしょ》に封印《ふういん》されていて、神獣《しんじゅう》はその水晶玉《すいしょうだま》を持《も》つものの命令《めいれい》にしたがうんだ。

●南方《なんぼう》を守《まも》る風《かぜ》と雷《かみなり》の神獣《しんじゅう》

朱《す》雀《ざく》

八妖島《はちようじま》に封印《ふういん》されていた神獣《しんじゅう》。巨大《きょだい》な翼《つばさ》で空《そら》を飛《と》び、その速度《そくど》は音《おと》の速《はや》さも超《こ》える。風《かぜ》を自由自《じゆうじ》在《ざい》にあやつれるほか、口《くち》からは雷撃《らいげき》を発射《はっしゃ》することもできるぞ！

●東方《とうほう》を守《まも》る 水《みず》と雲《くも》の神獣《しんじゅう》

青龍《せいりゅう》

辰吠埼《たつぼうさき》の海底《かいてい》に封印《ふういん》されていた神獣《しんじゅう》。水中《すいちゅう》を自在《じざい》に泳《およ》ぎまわれる上《うえ》、空《そら》も飛《と》べる。水《みず》と雲《くも》をあやつることができ、口《くち》からは強烈《きょうれつ》な水流《すいりゅう》を発射《はっしゃ》するんだ！

●西方《せいほう》を守《まも》る 雪《ゆき》と氷《こおり》の神獣《しんじゅう》

白虎《びゃっこ》

妖怪富士《ようかいふじ》のふもとに封印《ふういん》されていた神獣《しんじゅう》。雪《ゆき》と氷《こおり》をあやつることができ、口《くち》からはすべてを凍《こお》らせてしまう氷結波《ひょうけつは》を放《はな》つ。また、全身《ぜんしん》をおおっている氷《こおり》のトゲを発射《はっしゃ》することもできるぞ！

●北方《ほっぽう》を守《まも》る 土《つち》と火《ひ》の神獣《しんじゅう》

玄武《げんぶ》

月光《げっこう》の玄武山《げんぶさん》に封印《ふういん》されていた神獣《しんじゅう》。亀《かめ》と蛇《へび》の二《ふた》つの頭《あたま》を持《も》っている。土《つち》や岩《いわ》を自由《じゆう》にあやつることができる上《うえ》、亀《かめ》の口《くち》からは巨大《きょだい》な火球《かきゅう》を発射《はっしゃ》するんだ！

第《だい》二《に》話《わ》　コシ七《しち》対《たい》天《てん》怪《かい》

おい、本当《ほんとう》に
一対一《いったいいち》でやるのか？
しかたねえ、ついそう言《い》っちまったからな。おまえは手《て》を出《だ》すなよ。

「わかったよ。けど気《き》をつけろ。あいつ、おそろしく強《つよ》いぞ」

以前《いぜん》、天怪《てんかい》と戦《たたか》ったことがあるゼロ吉《きち》は、その強《つよ》さをよく知《し》っているのです。

「あいつは、どんな攻撃《こうげき》も右目《みぎめ》で吸《す》いこみ、それを口《くち》から吐《は》き出《だ》して、逆《ぎゃく》にこっちを攻撃《こうげき》してくるんだ。それと、左目《ひだりめ》でにらまれると催眠術《さいみんじゅつ》にかかるからな！」

天怪《てんかい》は、そんなコン七《しち》とゼロ吉《きち》の会話《かいわ》を、
余裕《よゆう》の表情《ひょうじょう》で見《み》ています。

「打《う》ち合《あ》わせは終《お》わったか？　なんなら、
二人《ふたり》そろって相手《あいて》をしてやってもいいぞ。
いや、四人《よにん》まとめてでもかまわぬわ」

「うるせえ、おまえの相手《あいて》なんぞ、
オイラ一人《ひとり》で十分《じゅうぶん》だ！」

ゼロ吉《きち》が言《い》ったとおり、天怪《てんかい》は、コン七《しち》の放《はな》った狐火《きつねび》を、右目《みぎめ》で吸《す》いこみました。

そしてそれを、コン七《しち》めがけて口《くち》から吐《は》き出《だ》しました！

コン七《しち》は、天怪《てんかい》がうちかえしてきた自分《じぶん》の狐火《きつねび》を、すばやくよけました。

「ゼロ吉《きち》に聞《き》いてたから、なんとかかわせたが、これじゃ、うかつにこっちからは攻撃《こうげき》できねえな」

コン七《しち》は、ほかに何《なに》かいい手《て》がないか、必死《ひっし》に考《かんが》えました。

「狐火《きつねび》がダメなら、接近《せっきん》して十手《じって》で攻撃《こうげき》するか、それとも……」

しかし、コン七《しち》の考《かんが》えがまとまる前《まえ》に、天怪《てんかい》が反撃《はんげき》してきたのです。

「くくく……わしの力《ちから》は、敵《てき》の攻撃《こうげき》をうちかえすだけではないぞ。ほれ、これでも食《く》らえ！」

天怪《てんかい》は、口《くち》からドロッとした液体《えきたい》を吐《は》き出《だ》してきました。

なにっ?
ベシャ
その液体《えきたい》をあびた岩《いわ》は、たちまちとけてしまったのです。
しゅ〜
ドロッ
天怪《てんかい》のやつ、あんな攻撃《こうげき》もできるのか!
コン七《しち》親分《おやぶん》、気《き》をつけて!
べっ
べっ
天怪《てんかい》は、矢継《やつ》ぎ早《ばや》に液体《えきたい》を飛《と》ばしてきましたが、コン七《しち》はなんとかよけつづけました。

ふむ…なかなか
すばしっこいの……。
では、こういう攻撃《こうげき》は
どうじゃ？
シューーッ
天怪《てんかい》の尻尾《しっぽ》が、
コン七《しち》めがけて
のびてきました！
うぬっ！
コン七《しち》は、
とっさにそれを十手《じって》で
ふせごうとしました。
バッ
あっ！
ガキーン

しかし、天怪《てんかい》の尻尾《しっぽ》の先《さき》は鉄《てつ》のようにかたく、コン七《しち》は十手《じって》をはじきとばされてしまったのです。

「さっきまでの威勢《いせい》のよさはどうした？　いまはおまえの方《ほう》が、わしをこわがっているのではないか？」

天怪《てんかい》が、今度《こんど》こそ尻尾《しっぽ》でコン七《しち》を串《くし》ざしにしようと、ねらいをさだめています。

「こ、このままじゃ、本当《ほんとう》にやられちまうぜ。なにか反撃《はんげき》する方法《ほうほう》はねえのか？」

そのときコン七《しち》は、ある作戦《さくせん》を思《おも》いつきました。

「そうだ！　やつの能力《のうりょく》を逆《ぎゃく》に利用《りよう》すれば……」

コン七《しち》は、またしても狐火《きつねび》を、天怪《てんかい》めがけてうちだしました。

天怪《てんかい》は、前《まえ》と同《おな》じように、右目《みぎめ》で狐火《きつねび》を吸《す》いこみました。
そしてそれを、コン七《しち》めがけて吐《は》き出《だ》そうと、大《おお》きく口《くち》を開《あ》けた瞬間《しゅんかん》……。

天怪《てんかい》の口《くち》の中《なか》で狐火《きつねび》が爆発《ばくはつ》したのです！
さすがの天怪《てんかい》も、これにはたまらず、口《くち》をおさえて苦《くる》しみました。

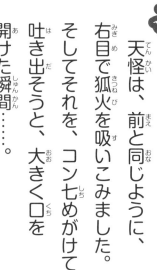

「よしっ、やったぜ！」

コン七《しち》は、さまざまな種類《しゅるい》の狐火《きつねび》を使《つか》い分《わ》けることができます。

そこで、天怪《てんかい》に向《む》けてたくさん放《はな》った狐火《きつねび》の中《なか》に、一発《いっぱつ》だけ、おくれて爆発《ばくはつ》をおこす狐火《きつねび》をまぎれこませておいたのです。

コン七《しち》のねらいどおり、その狐火《きつねび》は、天怪《てんかい》が吐《は》き出《だ》す前《まえ》に、口《くち》の中《なか》で爆発《ばくはつ》しました。

「どうだ天怪《てんかい》、オイラの狐火《きつねび》の味《あじ》は？　うまかったか？」

おのれコン七《しち》！
わしを本気《ほんき》で
怒《おこ》らせたな!!
バシュッ
怒《おこ》った天怪《てんかい》は、
ついに奥《おく》の手《て》を
出《だ》してきました。
ひじから切《き》り
はなされた天怪《てんかい》の
左手《ひだりて》が、コン七《しち》を
とらえました！
ガキッ
うぐっ！

ひじから先《さき》を飛《と》ばした天怪《てんかい》の腕《うで》には、すぐに新《あたら》しい手《て》が生《は》えてきました。
ズズズ……
天怪《てんかい》は、新《あたら》しく生《は》えた手《て》も、次々《つぎつぎ》に飛《と》ばしました。
バシュッ
バシュッ
ガッ
ガキッ
う、動《うご》けねえ! なんて力《ちから》だ!
ギリギリ……

くくく…
つかまえたぞ…。
言《い》ったはずじゃ。どうなっても後悔《こうかい》するな…とな。
ずぶ……
うっ!
コン七《しち》!
ドクン
ドクン
天怪《てんかい》は、舌《した》の先《さき》をコン七《しち》の首筋《くびすじ》に突《つ》き刺《さ》しました。

おお、うまい！
おまえの妖力《ようりょく》は
なかなかうまいぞ！
なんと天怪《てんかい》は、コン七《しち》につきさした舌《した》の先《さき》から、コン七《しち》の妖力《ようりょく》をすいとっていたのです！
ゴクゴク

コン七《しち》の顔《かお》からは、たちまち生気《せいき》が失《うしな》われていきました。

しばらくすると天怪《てんかい》は、コン七《しち》の首筋《くびすじ》にさしていた舌《した》を引《ひ》き抜《ぬ》きました。

「くくく……おまえの妖力《ようりょく》は、わしがすいとった」

妖力《ようりょく》は、すべての妖怪《ようかい》の力《ちから》の源《みなもと》です。妖力《ようりょく》がなくなれば、妖術《ようじゅつ》を使《つか》うことができなくなり、体《からだ》も弱《よわ》ってしまうのです。

そして、一度《いちど》なくなった妖力《ようりょく》がもどるには、長《なが》い時間《じかん》がかかります。

「どうじゃ、力《ちから》が出《で》まい？　おまえの体《からだ》にふたたび妖力《ようりょく》がもどるのは、何日後《なんにちご》かの？　それとも何ヵ月後《なんかげつご》か……」

コン七《しち》はとっさに右手《みぎて》を出《だ》し、天怪《てんかい》の攻撃《こうげき》をふせごうとしました。

海底《かいてい》の竜宮城《りゅうぐうじょう》で阿古屋《あこや》にもらった真珠《しんじゅ》の腕輪《うでわ》がこわれ、あたりに真珠《しんじゅ》が飛《と》びちりました。

そして
その真珠《しんじゅ》が、
ものすごい
速《はや》さで、
コン七《しち》の
まわりを
飛《と》びはじめ
ました。
ヒュン
ヒュン
なにっ?
天怪《てんかい》も、これには
おどろいたようです。
な、なんだこれは!?
コン七《しち》の
まわりには、
まるで透明《とうめい》の
壁《かべ》ができたように
なりました。
ヒュン
ヒュン
さらにコン七《しち》の目《め》の前《まえ》に、
見《み》おぼえのある女性《じょせい》が
あらわれたのです。
コン七《しち》さん、
大丈夫《だいじょうぶ》ですか?
阿古屋《あこや》
阿古屋《あこや》さん!

阿古屋《あこや》の姿《すがた》はすきとおっていました。どうやら、本物《ほんもの》ではなく、幻影《げんえい》のようです。その幻影《げんえい》の阿古屋《あこや》が、コン七《しち》に言《い》いました。

「回《まわ》っている真珠《しんじゅ》から外《そと》に出《で》てはいけませんよ。守《まも》りたい人《ひと》がいれば、その人《ひと》も中《なか》に入《い》れなさい」

コン七《しち》は急《いそ》いで、ゼロ吉《きち》たちを呼《よ》びよせました。

ギュウウン
突然《とつぜん》、海面《かいめん》に巨大《きょだい》な水柱《みずばしら》が
立《た》ったかと思《おも》うと、それが渦《うず》を
巻《ま》きながら、コン七《しち》たちめがけて
押《お》し寄《よ》せてきたのです！
て、天怪様《てんかいさま》！
い、いかん！

天怪《てんかい》は、かろうじて押《お》し寄《よ》せた海水《かいすい》からのがれることができました。

海水《かいすい》は、あたりのものをすべて飲《の》み込《こ》んでしまいましたが、透明《とうめい》の壁《かべ》に包《つつ》まれたコン七《しち》たちだけは無事《ぶじ》です。

「て、天怪様《てんかいさま》、これはいったい……？」
下《した》を見《み》おろしながら、赤目《あかめ》が天怪《てんかい》にたずねました。
「わしにもよくわからぬが、何《なに》かとてつもなく
大《おお》きな力《ちから》が、コン七《しち》を守《まも》っているようじゃ」
さすがの天怪《てんかい》も、とまどっているようです。
「じゃが、もうコン七《しち》のことはどうでもよい。
やつは妖力《ようりょく》をなくし、
戦《たたか》うこともできん。
それより、いまは
妖怪《ようかい》お江戸《えど》じゃ！」
そう言《い》うと天怪《てんかい》は
飛《と》び去《さ》って行《い》きました。

天怪《てんかい》が去《さ》ると、コン七《しち》たちの
まわりの海水《かいすい》は、たちまち
引《ひ》いてしまいました。

コン七《しち》は、まだ見《み》えている阿古屋《あこや》の幻影《げんえい》に話《はな》しかけました。

コン七《しち》は、自分《じぶん》に対《たい》する阿古屋《あこや》の気《き》づかいをあらためて知《し》り、胸《むね》が熱《あつ》くなりました。

「阿古屋《あこや》さん……本当《ほんとう》にありがとう」

「ええ、役《やく》に立《た》ってよかったわ。でもコン七《しち》さん、体《からだ》は大丈夫《だいじょうぶ》ですか？」

「な～に、妖力《ようりょく》なんかすぐにもどりますよ」

強《つよ》がるコン七《しち》ですが、阿古屋《あこや》は心配《しんぱい》そうです。

「それより阿古屋《あこや》さん、お願《ねが》いがあります！　オイラは、どうしても妖怪《ようかい》お江戸《えど》に帰《かえ》って、天怪《てんかい》を止《と》めなきゃなりません。けどここは、海《うみ》に浮《う》かぶはなれ小島《こじま》。オイラたちをなんとか、妖怪《ようかい》お江戸《えど》までもどしてもらえませんか？」

「その体《からだ》で、まだ戦《たたか》うつもりなんですね？」

「だって、オイラたちが行《い》かないと、妖怪《ようかい》お江戸《えど》の人《ひと》たちが、天怪《てんかい》に苦《くる》しめられることになるんです！」

止《と》めてもムダだとわかった阿古屋《あこや》は、しぶしぶうなずきました。

「わかりました。和尚《おしょう》に行《い》ってもらいます」

和尚《おしょう》って、海和尚《うみおしょう》ですか？　けど、あんなヨボヨボのじいさんになにができるって言《い》うんです？
海和尚《うみおしょう》
ふふふ…とにかくしばらく待《ま》っていてください。
言《い》われたとおり、コン七《しち》は待《ま》つことにしました。そして、しばらくすると…。
おい、海和尚《うみおしょう》ってだれだ？
あたしが知《し》るわけないだろ！

ザブーン
海《うみ》の中《なか》から、巨大《きょだい》な
ウミガメの妖怪《ようかい》があらわれたのです!
げげっ!
待《ま》たせたの、コン七《しち》!
待《ま》たせたの…って
もしかして和尚《おしょう》?!

「そうじゃ、これがわしの真《しん》の姿《すがた》なのじゃ」

やはり、巨大《きょだい》なウミガメ妖怪《ようかい》は海和尚《うみおしょう》だったのです。

「コン七《しち》よ、あんなヨボヨボのじいさんで悪《わる》かったな」

「い、いや、あれはつい……」

コン七は、バツが悪《わる》そうに苦笑《にがわら》いしました。

「ふん、いいから早《はや》く乗《の》れ。妖怪《ようかい》お江戸《えど》に連《つ》れて行《い》ってやる」

「ありがてえ！」


コン七《しち》たちは、海和尚《うみおしょう》の甲羅《こうら》の上《うえ》に乗《の》りました。

阿古屋《あこや》さん！なにからなにまで本当《ほんとう》にありがとう！

コン七《しち》さん、いつか
みんなで竜宮城《りゅうぐうじょう》に遊《あそ》びに来《く》るという約束《やくそく》、忘《わす》れないでくださいね。
もちろんです！　その約束《やくそく》、きっとはたしますから！
よし、妖怪《ようかい》お江戸《えど》まで飛《と》ばすぞ！
こうして、コン七《しち》たちは妖怪《ようかい》お江戸《えど》に向《む》かいました。
はたして、間《ま》に合《あ》うのでしょうか？

ちょっといっぷく

妖怪紹介《ようかいしょうかい》しようかい？

天怪《てんかい》の妖力《ようりょく》編《へん》

コン七《しち》との対決《たいけつ》に圧勝《あっしょう》した天怪《てんかい》。これまでも、天怪《てんかい》がつかう妖術《ようじゅつ》や妖力《ようりょく》について何度《なんど》か紹介《しょうかい》してきたが、今回《こんかい》の戦《たたか》いで見《み》せた新《あたら》しい力《ちから》について解説《かいせつ》しよう！

【これまでに紹介《しょうかい》した天怪《てんかい》の妖力《ようりょく》】

- 強《つよ》い再生能力《さいせいのうりょく》を持《も》っていて、ケガをしても短時間《たんじかん》で治《なお》してしまう。
- 自分《じぶん》の体《からだ》の一部《いちぶ》から、部下《ぶか》の妖忍《ようにん》たちを生《う》みだすことができる。
- 空洞《くうどう》になっている右目《みぎめ》で敵《てき》の攻撃《こうげき》を吸《す》いこみ、それを口《くち》からはきだして反撃《はんげき》する。
- 左目《ひだりめ》で催眠術《さいみんじゅつ》をかけ、かけた相手《あいて》を自由《じゆう》にあやつることができる。

●ほかの妖怪《ようかい》の妖力《ようりょく》を吸《す》いとることができる！

コン七《しち》もやられてしまったが、天怪《てんかい》はほかの妖怪《ようかい》の妖《よう》力《りょく》を吸《す》いとることができるんだ。天怪《てんかい》が強《つよ》い再生能力《さいせいのうりょく》を持《も》っているのは、おそらく、ほかの妖怪《ようかい》から吸《す》いとった妖《よう》力《りょく》を、自分《じぶん》の体《からだ》の中《なか》にたくわえているからだろう。
妖力《ようりょく》を吸《す》いとられた妖怪《ようかい》は、死《し》ぬことはないが、しばらくは妖術《ようじゅつ》をつかえなくなってしまうぞ。

●口《くち》から強烈《きょうれつ》な酸《さん》をはく！

天怪《てんかい》は口《くち》から、強《つよ》い酸性《さんせい》の液《えき》体《たい》をはくことができる。その威《い》力《りょく》は硫酸《りゅうさん》よりも強烈《きょうれつ》で、金属《きんぞく》すらとかしてしまうんだ！

●伸縮自在《しんしゅくじざい》の鋭《するど》い尻尾《しっぽ》

天怪《てんかい》の尻尾《しっぽ》は、自由自在《じゆうじざい》にのびちぢみするんだ。また、先端《せんたん》を鋭《するど》い刃《は》のように尖《とが》らせることができ、岩《いわ》をもつらぬくぞ！

●体《からだ》の一部《いちぶ》を飛《と》ばして攻撃《こうげき》する！

天怪《てんかい》が持《も》っている再生能力《さいせいのうりょく》を生《い》かした攻撃方法《こうげきほうほう》がこれだ！　腕《うで》や足《あし》、さらには尻尾《しっぽ》など、体《からだ》の一部《いちぶ》を切《き》り離《はな》し、それを飛《と》ばして攻撃《こうげき》してくる。切《き》り離《はな》された体《からだ》の一部《いちぶ》は、すぐに再生《さいせい》するぞ。ただし、頭部《とうぶ》だけは再生《さいせい》できないらしい……。

第《だい》三《さん》話《わ》 大団円《だいだんえん》

コン七《しち》が八妖島《はちようじま》を出発《しゅっぱつ》したころ、天怪《てんかい》はすでに、四神獣《しじんじゅう》をつかって妖怪《ようかい》お江戸《えど》を攻撃《こうげき》していました。

いいぞいいぞ！妖怪《ようかい》お江戸《えど》の町《まち》など、跡形《あとかた》もなく滅《ほろ》ぼしてしまえ！ははは……。

突然《とつぜん》のできごとに、妖怪《ようかい》お江戸《えど》の住人《じゅうにん》たちは、ただただおどろいて、逃《に》げまどうしかありません。

うわーーーっ!
助《たす》けてくれーっ!

逃《に》げまどう人々《ひとびと》の中《なか》には、お六《ろく》やワ助《すけ》もいました。

ワ助《すけ》さん、これはいったいどういうことなんだい?
そ、そんなこと聞《き》かれても、アッシにだってわかりませんよ! よりによって、アニキのいないときに……!

そのとき、玄武《げんぶ》の吐《は》いた火球《かきゅう》が、お六《ろく》のすぐ近《ちか》くに落《お》ちてきて、爆発《ばくはつ》しました!
ドドーン
きゃっ!
あぶねえ!
ガバッ
岡《おか》っ引《ぴ》きのゼニガメ平次《へいじ》
よう、大丈夫《だいじょうぶ》かい?
平次親分《へいじおやぶん》!

お六《ろく》の危機《きき》を救《すく》ったのはゼニガメ平次《へいじ》でした。

「ありがとうございます。あたしは大丈夫《だいじょうぶ》です。
それより、平次親分《へいじおやぶん》の方《ほう》こそ……」

「ははは…あの程度《ていど》じゃ、オレの甲羅《こうら》はビクとも
しねえよ。ところで、コン七《しち》はどうした？」

「それが、将軍様《しょうぐんさま》のご用《よう》とかで妖怪《ようかい》お江戸《えど》を
出《で》たっきり、もどってこなくて…」

「そうかい、そいつはこまったな…。いま、
妖怪《ようかい》お江戸中《えどじゅう》の岡《おか》っ引《ぴ》きが総出《そうで》で、みんなを
避難《ひなん》させているが、全然人手《ぜんぜんひとで》が足《た》りねえんだ」

「だったら、アッシが手伝《てつだ》います！」

「あたしも！」

一方《いっぽう》天怪《てんかい》は、こわされていく妖怪《ようかい》お江戸《えど》の町《まち》や逃《に》げまどう人々《ひとびと》を上空《じょうくう》から見《み》おろしながら、勝《か》ちほこったような笑《え》みを浮《う》かべていました。

「くく……将軍《しょうぐん》よ！　この光景《こうけい》をどこかで見《み》ているか？　おまえの大切《たいせつ》な妖怪《ようかい》お江戸《えど》が、いまにも滅《ほろ》びようとしておるぞ！　それも、おまえがわしを裏切《うらぎ》り、追放《ついほう》などしたむくいよ！　ははははは……」

妖怪《ようかい》お江戸城《えどじょう》
もちろん将軍《しょうぐん》は、妖怪《ようかい》お江戸《えど》がこわされていくのを、城《しろ》の上《うえ》から悔《くや》しい思《おも》いで見《み》ていました。
ええい！　かくなる上《うえ》は、余《よ》が出《で》ていく！

ブーン
天怪《てんかい》の目的《もくてき》は、余《よ》への復讐《ふくしゅう》じゃ！
ならば余《よ》の命《いのち》とひきかえに、町《まち》の破壊《はかい》をやめさせてやる！
妖怪大将軍《ようかいだいしょうぐん》

なりませぬ！ 将軍様《しょうぐんさま》のお命《いのち》を犠牲《ぎせい》にするなどもってのほか！
鍬山《くわやま》！ 髪川《かみかわ》！ どけ、どくのじゃ！
どきませぬ！ たとえ将軍様《しょうぐんさま》が命《いのち》を差《さ》し出《だ》しても、それで天怪《てんかい》が矛《ほこ》をおさめるとはかぎりませぬ！
鍬山形之進《くわやまかたのしん》
髪川切之丞《かみかわきりのじょう》
たわけ！ こうしておるあいだにも町《まち》はこわされ、ケガ人《にん》が増《ふ》えていくのじゃぞ！
将軍様《しょうぐんさま》、なにとぞここはごしんぼうを！

うむむ…このままでは本当《ほんとう》に妖怪《ようかい》お江戸《えど》は滅亡《めつぼう》してしまうぞ！
さりとて、将軍様《しょうぐんさま》の命《いのち》を、天怪《てんかい》に差《さ》し出《だ》すこともできまい。
ええい、こんなときにコン七《しち》はなにをしておるのじゃ！
阿修羅爺《あしゅらじい》
申《もう》し訳《わけ》ありません。わたしがあのときコン七《しち》と別《わか》れなければ…。
百目鬼《どうめき》の眼魔《がんま》

眼魔《がんま》は、コン七《しち》に言《い》われたとおり、先《さき》に辰吠埼《たつぼうさき》から妖怪《ようかい》お江戸《えど》に帰《かえ》ってきていました。

「いや、眼魔《がんま》よ、おまえさんを責《せ》めているわけではない」

「そのとおりじゃ。第一《だいいち》、いまここにコン七《しち》がいたからといって、どうなるものでもない」

「もはやコン七《しち》一人《ひとり》の力《ちから》で天怪《てんかい》をふせぐことなど、とうてい無理《むり》じゃからな」

眼魔《がんま》は、思《おも》いつめたような口調《くちょう》で、こう言《い》いました。

「われら隠密《おんみつ》は、将軍様《しょうぐんさま》のご命令《めいれい》があれば、いつでも天怪《てんかい》と刺《さ》しちがえる覚悟《かくご》はできております」

眼魔《がんま》がひきいる鬼眼一族《きがんいちぞく》は、かつて将軍《しょうぐん》に救《すく》われたことがあります。その縁《えん》で、隠密《おんみつ》として働《はたら》くようになりましたが、将軍《しょうぐん》のためなら、みなよろこんで命《いのち》を投《な》げ出《だ》すでしょう。

しかし、阿修羅爺《あしゅらじい》は眼魔《がんま》をいさめました。

「眼魔《がんま》よ、早《はや》まるでない！　たとえおまえたち鬼眼一族《きがんいちぞく》が決死《けっし》の覚悟《かくご》でいどんだとしても、天怪《てんかい》に勝《か》てるかどうかわからぬのじゃぞ」

「それよりいまは、妖怪《ようかい》お江戸《えど》の人《ひと》たちを守《まも》る方《ほう》が大切《たいせつ》じゃ。眼魔《がんま》、隠密《おんみつ》たちとともに、人々《ひとびと》が逃《に》げる手助《てだす》けをしてきてくれ」

「そのあいだに、わしらがなんとか策《さく》を考《かんが》える」

承知《しょうち》いたしました。では……。
ふっ
コン七《しち》……おまえはいったい、どこでなにをしておるのじゃ？

そのコン七《しち》は、ようやく妖怪《ようかい》お江戸《えど》の海岸《かいがん》までたどりついていました。

わしができるのはここまでじゃ。

恩《おん》に着《き》るぜ！気《き》をつけて帰《かえ》ってくれよ！

コン七《しち》たちは、妖怪《ようかい》お江戸《えど》の中心部《ちゅうしんぶ》へと急《いそ》ぎました。そしてやっと、町《まち》の様子《ようす》を見《み》られるところまでやってきたのです。

ああっ！

こ、こいつはひでえ……。

と、とにかく天怪《てんかい》を止《と》めるんだ!

コン七《しち》は、上空《じょうくう》にいる天怪《てんかい》を見《み》つけると、その下《した》にかけよりました。

やめろ、天怪《てんかい》!

!

なんと…わざわざもどってきたのか? おとなしくあの島《しま》にいれば、命《いのち》だけは助《たす》かったものを…。

うるせえ! 妖怪《ようかい》お江戸《えど》をおまえの好《す》き勝手《かって》にさせるわけにはいかねえんだ!!

天怪《てんかい》は、コン七《しち》があらわれたことなど、
まったく気《き》にしていない様子《ようす》です。
「もどってきた度胸《どきょう》はほめてやるが、
おまえにできることはなにもないぞ」
「そんなこと、やってみなきゃ
わからねえだろ！　出《で》ろ、狐火《きつねび》！」
しかし、コン七《しち》の手《て》から、
いつものように狐火《きつねび》が出《で》る
ことはありませんでした。
「だから、おまえの妖力《ようりょく》はわしが
吸《す》いとったと言《い》ったじゃろう？
妖力《ようりょく》なしでも、まだ戦《たたか》うつもりか？」

うううっ…。
だったら、コン七《しち》のかわりにオレが相手《あいて》だ！覚悟《かくご》しやがれ！
あたしも手《て》をかすよ！
あっしも！
ふん、ザコがいくらタバになろうと、ザコにかわりはないわ！神獣《しんじゅう》どもよ、かかれ!!
天怪《てんかい》の命令《めいれい》を受《う》けた玄武《げんぶ》が、火球《かきゅう》をはいて攻撃《こうげき》してきました。
ボムッ
ボムッ

コン七《しち》たちは、なんとかその攻撃《こうげき》をかわしました。
え～っと、こんなとき役《やく》に立《た》つことわざは…四面楚歌《しめんそか》！ じゃなくて八方塞《はっぽうふさ》がり…でもない！
いいのが思《おも》いつかね～
あせあせ
必死《ひっし》にことわざを考《かんが》えていた申公《しんこう》を、白虎《びゃっこ》の氷結波《ひょうけつは》がおそいます！
ビョオー
カチーン

お玉《たま》は、得意《とくい》の催眠術《さいみんじゅつ》をかけようと、青龍《せいりゅう》に向《む》かって行《い》きました。
眠《ねむ》らせてやるよ！
ゴーーッ
ブシュー
きゃーーっ！
ガスッ

お玉《たま》と申公《しんこう》は
たちまち倒《たお》され、
残《のこ》ったのは
ゼロ吉《きち》だけです。
ビビビビビ…
飛《と》び針《ばり》
乱《みだ》れ撃《う》ち!
ズザザン

うわっ!
グサ
グサッ
ゼロ吉《きち》が放《はな》った飛《と》び針《ばり》は、朱雀《すざく》がまきおこした突風《とっぷう》で、逆《ぎゃく》にゼロ吉《きち》自身《じしん》を傷《きず》つけました。
ズキッ
ゼロ吉《きち》!
ううっ…。
ガクッ
バババ……

うわ―――っ！
ビリビリッ
朱雀《すざく》の放《はな》った
雷撃《らいげき》が、コン七《しち》を
直撃《ちょくげき》しました！
コンちゃん！
アニキ！
くくく…四匹《よんひき》
そろった神獣《しんじゅう》を
相手《あいて》にして、
本気《ほんき》で勝《か》てると
思《おも》っていたのか？
ま、まだだ……。
ブスブス…
まだオイラは
負《ま》けちゃいねえ…。

「なんとおろかな…。おまえごときの力《ちから》では
どうしようもないことが、まだわからぬのか？」

「ああ、わからないね。わかりたくもねえ」

天怪《てんかい》は、コン七《しち》のしつこさにあきれはてて
いるようです。

「どうしてそこまでするのじゃ？

将軍《しょうぐん》に命《めい》じられたからか？」

「将軍《しょうぐん》？　へっ、そんなもん関係《かんけい》ねえ！」

「ならば、なぜじゃ!?」

「なぜかって？　だったら教《おし》えてやるよ。

それはオイラが、岡《おか》っ引《ぴ》きだからだ」

「な、なんだと？」

妖怪《ようかい》お江戸《えど》を…
妖怪《ようかい》お江戸《えど》の人《ひと》たちを
きっと守《まも》る！
それが岡《おか》っ引《ぴ》きの
つとめなんだよ！

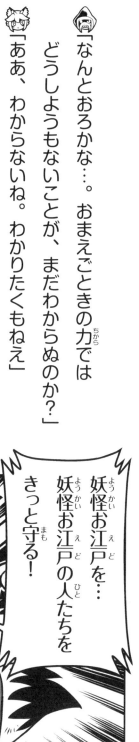

コンちゃん…。
くくく…
なるほど、見上《みあ》げた心《こころ》がけだな…。
その心《こころ》がけに免《めん》じて、最後《さいご》のトドメはわしがみずから刺《さ》してやろう。

さらばだ コン七《しち》！

だめーーっ！

コン七《しち》！

そのときです。だれかが、自分《じぶん》の身《み》を投《な》げ出《だ》すようにして、コン七《しち》の前《まえ》に立《た》ちはだかりました。

バッ

それはお六《ろく》でした。
お六《ろく》が、コン七《しち》をかばうようにして
立《た》ちはだかったのです。

天怪《てんかい》も、これには
おどろいたのか、
思《おも》わず攻撃《こうげき》を止《と》めて
しまいました。

しかしお六《ろく》は、動《うご》こうとはしません。
それどころか、天怪《てんかい》をにらみつけて
こう言《い》ったのです。
「どくもんか！　こ、殺《ころ》したきゃ
殺《ころ》せばいいさ！」
「なんだと？」
「コンちゃんは、妖怪《ようかい》お江戸《えど》を…
あたしたちを命《いのち》がけで守《まも》ろうとしてる。
だったらあたしは、そんなコンちゃんを
命《いのち》がけで守《まも》るんだ！」
「おのれ小癪《こしゃく》な……ならば、のぞみ
どおり一緒《いっしょ》に殺《ころ》してやる！」

ワ助《すけ》だけではありません。
それまで、離《はな》れた場所《ばしょ》で
様子《ようす》を見守《みまも》っていた
たくさんの妖怪《ようかい》たちが、
コン七《しち》とお六《ろく》の前《まえ》に
立《た》ちはだかったのです。

て、天《てん》怪《かい》様《さま》、これは……。
うぬ……。
オレたちは
あたしたちは
コン七親分《しちおやぶん》を
自分《じぶん》たちの手《て》で
妖怪《ようかい》お江戸《えど》を
守《まも》るんだ!

思《おも》いもしなかったなりゆきに、コン七《しち》はただおどろくしかありません。

いつの間《ま》にか、ゼニガメ平次《へいじ》がコン七《しち》のそばに立《た》っていました。

「そういうのを、キツネにつままれたような顔《かお》って言《い》うんだぜ」

と、コン七《しち》をからかった平次《へいじ》ですが、すぐに真顔《まがお》になってこう言《い》いました。

「コン七《しち》、おまえさん、たいしたもんだ」

百目鬼《どうめき》の眼魔《がんま》も、
いつの間《ま》にかコン七《しち》の
近《ちか》くに来《き》ていました。

しかし天怪《てんかい》は、なかなか四神獣《ししんじゅう》に命令《めいれい》を出《だ》そうとしません。

「て、天怪様《てんかいさま》……どうされたのです？」

赤目《あかめ》は、天怪《てんかい》のようすがいつもとちがうのに気《き》づきました。

「な、なぜじゃ……なぜわしは、妖怪《ようかい》どもを皆殺《みなごろ》しにせよと四神獣《ししんじゅう》に命《めい》じぬ？　たった一言《ひとこと》命《めい》じればすむことではないか…」

どうやら天怪《てんかい》の心《こころ》に、わずかな迷《まよ》いが生《う》まれているようです。

そのとき、天怪《てんかい》に呼《よ》びかける声《こえ》がしました。

ブーン
もうよいではないか、天怪《てんかい》。
な、なにっ!?
将軍《しょうぐん》は、止《と》める家臣《かしん》たちをふりきり、城《しろ》を飛《と》びだしてきたのです。

あ…あれは将軍様《しょうぐんさま》!!
なんということを!
えっ! あれが将軍《しょうぐん》?
あんな小《ちい》さな虫《むし》がっ?

天怪《てんかい》、おまえにあのものたちは殺《ころ》せぬ。
な、なんじゃと!?

将軍《しょうぐん》は、おだやかな口調《くちょう》で天怪《てんかい》に語《かた》りかけました。

「できるはずがない。なぜなら、おまえはかつて、あのようなものたちをすくうため、余《よ》とともに戦《たたか》ってきたではないか」

将軍《しょうぐん》の言《い》うとおりです。天怪《てんかい》は昔《むかし》、長《なが》い戦乱《せんらん》に苦《くる》しめられていた弱《よわ》い妖怪《ようかい》たちをすくうため、将軍《しょうぐん》を助《たす》け、この国《くに》に平和《へいわ》をもたらしたのです。

「たしかに余《よ》とおまえとは、その後《ご》、国《くに》のおさめ方《かた》で意見《いけん》が分《わ》かれ、仲《なか》たがいをした。妖怪《ようかい》お江戸《えど》からおまえを追放《ついほう》したのも、ほかならぬ余《よ》じゃ」

「そ、そうとも！　だからこそわしは、おまえに復讐《ふくしゅう》するため、この妖怪《ようかい》お江戸《えど》をおそったのじゃ!!」

「天怪《てんかい》…復讐《ふくしゅう》したいのなら、罪《つみ》もない
妖怪《ようかい》お江戸《えど》の人《ひと》たちを苦《くる》しめたりせず、
素直《すなお》に余《よ》の命《いのち》をねらえばいいではないか。
おまえがのぞむなら、命《いのち》などくれてやるぞ」

「な、なにっ？」

「そのかわり、妖怪《ようかい》お江戸《えど》の人《ひと》たちは
見《み》のがしてくれ。たのむ」

将軍《しょうぐん》からの意外《いがい》な申《もう》し出《で》に、天怪《てんかい》は
とまどっているようです。

「のう天怪《てんかい》、それで手《て》を打《う》たぬか？」

「……わかった」

「おおっ、わかってくれたか！」

ギリ
ギリ
妖怪《ようかい》お江戸《えど》をどうするかは、おまえを殺《ころ》してからゆっくり考《かんが》えることにするわ！

やめろ、天怪《てんかい》！

バババババ…

将軍《しょうぐん》様《さま》をはなせ！

そこに、将軍《しょうぐん》の家臣《かしん》の鍬山《くわやま》と髪川《かみかわ》がやってきました。城《しろ》から飛《と》びだした将軍《しょうぐん》を追《お》ってきたのです。

うぬ、鍬山《くわやま》と髪川《かみかわ》か！

ベッ
将軍《しょうぐん》の腰巾着《こしぎんちゃく》どもめ！
ジャマをするな！
なんの！
ブーン
ブーン
ブウン
赤目《あかめ》、
やつらを倒《たお》せ！
シュシュッ
はっ！

天怪《てんかい》にとって、鍬山《くわやま》と髪川《かみかわ》は、かつてともに将軍《しょうぐん》をささえた仲間《なかま》でした。彼《かれ》らの強《つよ》さもよくわかっていて、そう簡単《かんたん》に倒《たお》せる相手《あいて》ではないことを知《し》っています。そのため天怪《てんかい》は、鍬山《くわやま》たちとの戦《たたか》いに気《き》を取《と》られすぎてしまったのです。

地上《ちじょう》のコン七《しち》は、そんな天怪《てんかい》のスキを見《み》のがしませんでした。

「よし、いまなら……」

コン七《しち》は、十手《じって》をにぎりしめました。

「妖力《ようりょく》はなくなったが、オイラにはまだこの十手《じって》があるぜ！」

ガブッ
ぐっ!
コン七《しち》が投《な》げた十手《じって》は、ねらいどおり天怪《てんかい》の左手《ひだりて》に命中《めいちゅう》しました!
完全《かんぜん》に不意《ふい》をつかれた天怪《てんかい》は、水晶玉《すいしょうだま》を取《と》り落《お》としてしまったのです。
い、いかん!
ワ助《すけ》!
ガッテン!
ボムッ

ワ助《すけ》が変化《へんげ》したわらじをはいた
コン七《しち》は、まるで風《かぜ》のような速《はや》さで、
水晶玉《すいしょうだま》の落下地点《らっかちてん》に向《む》かいました。

よし、もらったぜ!
おのれコン七《しち》!
しゅるる
ぐいっ
天怪《てんかい》がコン七《しち》に気《き》を取《と》られたスキをついて、髪川《かみかわ》が将軍《しょうぐん》を助《たす》けました。
それを見《み》た地上《ちじょう》のコン七《しち》は……。
しまった!

行《い》けっ
神獣《しんじゅう》たちよ！

コン七《しち》の命令《めいれい》を受《う》けた四神獣《ししんじゅう》が、天怪《てんかい》たちにせまります。
天怪様《てんかいさま》!
くっ、もはやこれまでか…。
ドン
あっ!

て、天怪様《てんかいさま》〜っ!
ヒュー
赤目《あかめ》、おまえは生《い》きるのじゃ。

ダーダー…
ジュー!

ブシューッ!
ボムッ
ボムッ

神獣《しんじゅう》たちの攻撃《こうげき》が
天怪《てんかい》に命中《めいちゅう》し、大爆発《だいばくはつ》が
巻《ま》き起《お》こりました!

そして、爆発《ばくはつ》の
煙《けむり》が消《き》えたとき、

天怪《てんかい》もまた、
完全《かんぜん》に消滅《しょうめつ》して
いたのです。

て、
天怪様《てんかいさま》…。
アニキ！
やりましたね！
ああ、
オイラたちの勝《か》ちだ!!
うおーーっ
こうしてコン七《しち》は、
みんなの力《ちから》を借《か》り、
ついに天怪《てんかい》を倒《たお》したのでした。

ブーン
コン七《しち》、よく
やってくれたの！
将軍様《しょうぐんさま》！
喜《よろこ》ぶコン七《しち》
たちのもとに、
将軍《しょうぐん》もやって
きました。

コン七《しち》は、気《き》になっていることをたずねました。

「ねえ将軍様《しょうぐんさま》、天怪《てんかい》は木《こ》っ端微塵《ぱみじん》になったように見《み》えたんですが、まちがいなく倒《たお》してますよね？」

「さてのぅ…天怪《てんかい》が死《し》んだのなら、やつが余《よ》にかけた呪《のろ》いがとけ、余《よ》はもとの姿《すがた》にもどるはずじゃが……」

コン七《しち》はもう知《し》っていますが、将軍《しょうぐん》が小《ちい》さな虫《むし》の姿《すがた》になったのは、天怪《てんかい》にかけられた呪《のろ》いのせいなのです。

「ってことは、やつはまだ生《い》きてるんですか？」

「やつの再生能力《さいせいのうりょく》なら、骨《ほね》のカケラひとつからでも、復活《ふっかつ》することができる。しかし、それには長《なが》い時間《じかん》がかかるし、たとえ復活《ふっかつ》しても、やつがもう妖怪《ようかい》お江戸《えど》をおそうことはあるまい。余《よ》はそう思《おも》う……」

将軍《しょうぐん》の言葉《ことば》を聞《き》いて、
コン七《しち》は安心《あんしん》しました。
妖怪《ようかい》たちのほとんどは、
初《はじ》めて将軍《しょうぐん》の姿《すがた》を見《み》たため、
みな、おどろいたり
喜《よろこ》んだりしています。
そんなにぎやかな
妖怪《ようかい》たちに背《せ》を向《む》け、
一人立《ひとりた》ち去《さ》るものが
いました。
赤目《あかめ》です。
そしてゼロ吉《きち》だけは、
そんな赤目《あかめ》に気《き》づいたのです。

おい、おまえ、これからどうするんだ？
ふっ…。さあな。

またオレと勝負《しょうぶ》したくなったら、いつでも相手《あいて》してやるぜ！

コン七《しち》は、一緒《いっしょ》に戦《たたか》ってくれた神獣《しんじゅう》たちに、
お礼《れい》を言《い》いました。
そして、別《わか》れも告《つ》げたのです。

コン七《しち》は、神獣《しんじゅう》たちを
水晶玉《すいしょうだま》にもどしました。

コン七《しち》は、四神獣《ししんじゅう》が入《はい》った
水晶玉《すいしょうだま》を、将軍《しょうぐん》にわたしました。

「これは将軍様《しょうぐんさま》が
持《も》っていてください。
そして、神獣《しんじゅう》たちの
力《ちから》を悪《わる》いことに
つかうものが、今後《こんご》
もう出《で》ないように
してください」

「わかった。余《よ》が責任《せきにん》をもって、
しっかりと保管《ほかん》しよう！」
将軍《しょうぐん》は、そう約束《やくそく》してくれました。

こうして、すべてを終《お》えたコン七《しち》は、仲間《なかま》たちと一緒《いっしょ》に、久《ひさ》しぶりにわが家《や》へと向《む》かいました。

「なあワ助《すけ》、オイラたちの長屋《ながや》、どうなってるんだろうな？」

「アッシとお六《ろく》さんは、町《まち》が神獣《しんじゅう》たちにこわされてるっていうさわぎを聞《き》いてすぐに長屋《ながや》を出《で》たから、そのあとのことは全然《ぜんぜん》知《し》らねえんですよ。もしかしたら、あそこもこわされてるかもしれませんね〜」

「まぁいいじゃないか。こわされてたら、建《た》て直《なお》せばいいんだよ。みんなこうして無事《ぶじ》だったのがなによりさ！」

と、お六《ろく》は明《あか》るく笑《わら》いました。コン七《しち》は、そんなお六《ろく》に向《む》かって言葉《ことば》をかけました。

お六《ろく》、ありがとうよ。
え？　なんのことだい？
そ、その…おまえが自分《じぶん》の身《み》を投《な》げ出《だ》して、天怪《てんかい》からオイラを守《まも》ってくれたことだよ。

「ああ、あれかい？　ふふ……自分《じぶん》でもよくわからないうちに、勝手《かって》に体《からだ》が動《うご》いちゃったんだよ」

「そうだったのか…。けど、それでもやっぱり、オイラが助《たす》かったのはおまえのおかげだ。恩《おん》に着《き》るぜ、お六《ろく》」

いやだよ、コンちゃん。そんなにあらたまって言《い》われたら、照《て》れちまうじゃないか！

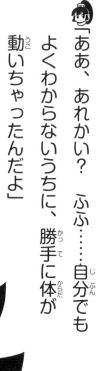

よっ、ご両人《りょうにん》！コン七親分《しちおやぶん》は、これでも一生《いっしょう》お六《ろく》さんに頭《あたま》があがりませんね！
まったくだ！二人《ふたり》が夫婦《めおと》になれば、かかあ天下《てんか》まちがいなしだな！
め、夫婦《めおと》だなんて、そんな〜っ！
お、おい、からかうなよ！
くねくね
カチン
そうだよ〜、コン七親分《しちおやぶん》がお六《ろく》さんと夫婦《めおと》になるなんて、だれが決《き》めたんだい？
ごろにゃ〜ん

親分《おやぶん》には、あんな首《くび》の長《なが》いハナタレ娘《むすめ》より、もっと大人《おとな》のいい女《おんな》がお似合《にあ》いさ。あたしみたいなね！ねえ親分《おやぶん》、また一緒《いっしょ》にお風呂《ふろ》に入《はい》ろうよ～♥
い、いや…
だれがハナタレ娘《むすめ》だって！この大年増《おおどしま》のアバズレ猫《ねこ》!!
キーッ
お、大年増《おおどしま》ぁ？言《い》ったね！あたしにトシのことを言《い》って、無事《ぶじ》ですんだやつは一人《ひとり》もいないよ！
ふん、何度《なんど》でも言《い》ってやるよ！この大年増《おおどしま》！年寄《としよ》りの化《ば》け猫《ねこ》はさっさと家《いえ》に帰《かえ》ってコタツにでもあたってな！
バチバチ
ひ～っ！こりゃ天怪《てんかい》よりこわい～っ！

イキでイナセないい男《おとこ》、
いなりのコン七《しち》、岡《おか》っ引《び》き。
悪党《あくとう》相手《あいて》にゃ一歩《いっぽ》も引《ひ》かぬが
女《おんな》相手《あいて》にゃからっきし。
行《ゆ》き交《か》う人《ひと》に笑顔《えがお》を残《のこ》し、
今日《きょう》もお江戸《えど》を駆《か》けめぐる。

いなりのコン七《しち》と
その仲間《なかま》たちの活躍《かつやく》を
えがいてまいりました
『ようかいとりものちょう』、
これにてしばしのお別《わか》れで
ございます。
次《つぎ》にお目《め》にかかれるまで、
ごきげんよろしゅう――。

作：大﨑悌造（おおさき　ていぞう）

1959年香川県生まれ。早稲田大学卒。1985年に漫画原作者として文筆活動を開始。子どもの頃から妖怪、怪獣、恐竜などが大好きで、それらに関する書籍の執筆や編集にも携わる。「ほねほねザウルス」シリーズ（岩崎書店）では、著者（ぐるーぷ・アンモナイツ）の一人としてストーリーと構成を担当。他にも、歴史（日本史）、ミステリー、昭和の子ども文化などに関連する著作がある。

画：ありが ひとし

1972年東京都生まれ。ゲームのキャラクターデザインや、漫画、絵本など、絵にまつわる仕事をしている。近年の漫画作品に『ロックマンギガミックス』（カプコン）、「KLONOA」（バンダイナムコゲームス、脚本・JIM ZUB）、絵本に『モンスター伝説めいろブック』（金の星社）がある。ゲーム『ポケットモンスター サン・ムーン』（任天堂、開発・ゲームフリーク）では、クワガノン等10種類のポケモンデザインを担当している。

色彩・妖怪デザイン協力：古代彩乃　作画協力：鈴木裕介

装幀・デザイン：茶谷公人（Tea Design）

お手紙おまちしています！

いただいたお手紙は作者におわたしいたします。
〒112-0005　東京都文京区水道1-9-2
岩崎書店編集部「ようかいとりものちょう」係

ようかいとりものちょう⑧　暗雲《あんうん》！妖怪《ようかい》お江戸《えど》絶体絶命《ぜったいぜつめい》・天怪篇㊃　NDC913

発行日　2018年6月20日　第1刷発行
　　　　2024年3月15日　第6刷発行

作：大﨑悌造
画：ありが ひとし
発行者：小松崎敬子
発行所：株式会社岩崎書店
東京都文京区水道1-9-2（〒112-0005）
電話 03-3812-9131（営業） 03-3813-5526（編集）
振替 00170-5-96822
印刷：三美印刷株式会社
製本：株式会社若林製本工場

Published by IWASAKI Publishing Co.,Ltd.
Printed in Japan.
ISBN 978-4-265-80958-5
ご意見・ご感想をおまちしています。Email:info@iwasakishoten.co.jp
岩崎書店ホームページ　https://www.iwasakishoten.co.jp

妖怪捕物帖《ようかいとりものちょう》

天怪篇 肆

暗雲《あんうん》！妖怪《ようかい》お江戸《えど》絶体絶命《ぜったいぜつめい》